我飄飄と詩う

高田邦雄詩集

われ
ひょうひょうと
うたう

詩集　我　飄飄と詩う

はじめに

この詩集の上梓に当たっては迷う事がたくさんあった。何故ならば詩集に編みこんだ作品の質にどうも納得が持てないからだ。

私はこの七月に八十歳をむかえる。

本格的に詩を書き始めたのは母が亡くなった平成元年からで、もう三十五年も詩を書いてきた事になる。

そして未だに拙い詩を書き綴っているわけだが、ただどんなに拙かろうとも、書きたいと思うテーマがある限り書き続け、読者の批評を甘んじて受けようと考える日々である。

これからは世の中の様々な不条理や希望に向き合い、気負いなく自然体でこの詩集のタイトルのように、飄飄と拙い詩を書き続けていきたい。

さてあと何年書いていけるのだろうか。

令和五年　卯の花の香る頃

＊目次

第二章 枯らしては……

第三章　歌が聞こえる

詩集　我　飄飄と詩う

第一章　早春賦

花の国

ちょうちょ　ちょうちょ
チマチョゴリ
ひらひら　ひらり
チマチョゴリ

貴方の国は　花の国
春には　梨の白い花
夏には　赤いひなげしが
風に揺られて　花盛り

ひらひら　くるくる
チマチョゴリ
ちょうちょのように
舞い踊る

貴方の国は　花の国
アンニョン　ハセヨ
コンニチワ

貴方の国は　すぐ隣
昔からの　お友だち
綺麗な　きれいな花の国
一緒に踊ろう
カムサハムニダ

ちょうちょ　ちょうちょ
チマチョゴリ
ひらひら　くるくる
チマチョゴリ

冬の罠には

寒い夜だ
北風が強いようだが
木枯し一号には
強さが少し足りないか

視力をほとんど失って
夜道もおぼつかず
杖をたよりに足を運ぶ
夜空には　冬の星座が
あのあたりが　オリオン座か

ただただ　漆黒の闇

そう言えば　小学生の頃
星座に夢中で
天文学者が将来の夢と

その夢も　いつしか消え去り
かすかに　夜空に光る
星々や青雲の記憶だけが
どこかに残っていて

大人になって
冬空の星たちを眺める事もなく
ネオンと赤提灯が照らす

街路をさまよっていたか

北風の吹く　冬の夜は
凛として輝く星座より
温かな友の触感が
俺には大切なのかも

忘年会の喧騒の街に
クリスマスキャロルが流れ
世界は理不尽のまま
何一つ変わらず
暮れようとしている
新たな年に祈りを託し

梅の花は笑うか

小正月が過ぎても
感染症の拡大は止まらない
そんな中　庭の
梅の痩せた枝にも
いくらかの花芽が
膨らんでいた

昨年からの一年間
多くの人が感染し
そして亡くなっていった

家族に看取られること無く

病床は患者でうまり
医師たちは
看護師たちは　疲弊の極に
政治の　指導者の無策

こうなる前に
できる事は　沢山あった
それを阻んだのは
組織の既得権益と権威主義
そして　人命軽視

経済成長や東京五輪

ある人たちにとって
最重要な関心事

立春には　庭にも梅の
ふくよかな香りが
静かに漂うだろう
死んでゆく人たちへの鎮魂の香り

沈丁花の香り立つ

桃の節句も終わったのに
待っている春は未だ
今朝から冷たい雨が降り続いている

そんな中　庭の片隅には
沈丁花の蕾の塊が震えている
その緑の先には
ほんのり紅をさすような
春が芽生えているのだが

日陰に植えられた貧相な沈丁花が
季節外れの冷たい雨にうたれ
寒そうに身を縮め
お互いに身を寄せ合い
寒さを堪えている

よくよく見れば　たった一つの蕾が
小さな花を咲かせていた
なんと勇気ある奴だ
冷雨の滴をまとい　香もたてず
じっと外の様子を伺っている

翌日　雨は止み陽が顔を出す
暖かな風にのって

ほのかに沈丁花の良い香り
勇気ある蕾の行為に
勢いを得た他の蕾たちが
次々と花を咲かせ
香りを春風に乗せて

どんなに厳しい中にあっても
先頭に立ち　立ち上がる者がいる
次に続く者を信じて
無謀かと思える時でも
必ず　春がくると信じて

今日も私の庭に　沈丁花の香り立つ

春眠に悪夢

春が冬を蹴りちらし
バタバタと　走ってくる
気候変動のせいか

そんな生ぬるい夜
寝苦しい中　夢をみる
用事で街に出ると
行き交う人は皆そろって
白いマスクを着けていて
恐ろしい目で

マスクを着けていない僕を
睨みつけるのだ

その目から逃げようと
コンビニや郵便局に飛び込んでも
怒鳴り声とともに追い出され
追い詰められ逃げ場が無い
そこで　夢から覚めた

目に見えない恐怖は
ウイルスだけではない
マスクをしても　手を洗っても
執拗に攻撃してくる
権力の隠ぺいと誤魔化し

あっけにとられる市民
その脳みそを鈍感にし
無感覚にする
怖い感染症が　蔓延している

早く来い来い　オリンピック
ガンバレ日本　日の丸がんば
また春眠に　悪夢が

早春に賦う

立春　きりっとした寒さの中
射し込んできた朝の光に　狭い庭の
痩せた梅の枝さき
小さな白い花が
微かに佳い香りを漂わせている

「春は名のみの　風の寒さや
谷の鶯　歌は思えど……」
つい口遊んでしまう早春賦

この一年　ずっと春を待っていた
感染症の拡大に身をかがめ
大きく新鮮な空気も吸えず
華やいだ街にも
友との語らいにも
ただひたすらの　我慢と自粛
そう　鶯のように
「時にあらずと　声も立てず」だ

まだ沈丁花の蕾は固い
四十雀は一羽で鳴いていて
テントウムシはまだ眠っている

それでもきっと　郊外の雑木林では

積み重なった落ち葉の下で
虫たちや草たちが
あわただしく　春の準備を

そして　幼稚園児の歌声も
もうすぐ　春になる
きっと　春は来る
さあ　大きな息で　春の全てを吸い込むのだ

それでも　春です

満開の桜に　霙雪がふっています
世界中に新型の感染症が蔓延しています
それでも　春は今ここに

枝先に若葉が顔を出し
小鳥がにぎやかに囀ります
玄関脇には　黄色いタンポポも
そして　モンシロチョウが　やってきます

でも　家の前の小道には

子供たちの笑い声が
響いてこないのです
こんなに春だというのに

もうすぐ　田には水が引かれ
青々と苗が　風に揺れて
オタマジャクシが泳ぎまわり
郭公の鳴く雑木林の陽だまりに
カタクリの花が咲くでしょう

数百万人にもなろうかとする
世界的コロナ禍に加え
未だに続く地球紛争による
虐殺や飢餓で苦しむ人々にも

春は来るのでしょうか

そして今　春は過ぎ
夏が来て　夏も過ぎ
またいつの日か　花咲く
命溢れる　春がやってくるのでしょう
本当に皆が　祝える春が

小鳥たちは唄うのだ

七月初旬の早朝
小鳥たちの囀りで目が覚める
今月　俺は喜寿を迎える

家の小さな庭に　近所の木々にも
さまざまな小鳥たちが
それぞれ　特徴のある声で
自分たちを表現している

雀さん　四十雀さん

ヒヨドリさん　コゲラさん
そして　もしかしてホオジロさん
賑やかな囀りの小鳥たち

もしも誰かが　気に入らないからと
特定の囀りを　禁止したら
この一種の朝の平和は
歪《いびつ》なものに変わってしまうだろう

自由に囀る事を
禁じられた小鳥は
もはや小鳥では　いられない
いろいろな小鳥がいて
いろいろな囀りがあって

素敵な朝が生み出されている
昔に見た映画　「慕情」
その街の小鳥たちが今や囀りを

消えていく

消えていく　消えていく
巣穴を忙しそうに
出入りしていたアリたちが
柑橘類の若葉に
産み落とされた
アゲハ蝶の幼虫も

いつの間にか
気が付けば　消えている
視力を失ったせいか
目に見えないものが

記憶からも消えようとしている
母や親友の笑顔
青空に映える白銀の峰々

今まで目の前に
存在していたものが
不確かなものに思える
確実に大切なものが
記憶の襞から
消えていく

全てが消え去っていく前に
やらねばならない事が

蟬たちの主張

今年の夏も
長い土中の生活から
蟬たちが　這い出てきた

残り少ない命を燃やし
精一杯　声を絞り出す
まずは早朝明け方から
民主主義が危ういと
み〜ん　み〜ん　とミンミンゼミ

表現の自由が封殺されるよと
アブラゼミが　じゆう　じぃ～う
そうだ　そうだとばかり
囃し立て　ニイニイゼミが　ニィニィニ～
ニィ～ン　認・認・認

そして　隣国との関係を心配する
ツクツクボウシは
お互いを尊重し合う　新たな関係を求めて
更新ツクツク　更新・オーシンツクツク

関西方面では
クマゼミが　どないすんねん　とばかり
ジャア　ジャア　じゃ～

最後に冷静なヒグラシが
涼しげな鳴き声で
ナカナカ　ナカナカ　と

終戦記念日も過ぎ
ようやく猛暑も一段落
そんな昼下がりに
蝉の声に耳を傾けてみる時
私には蝉たちが
この世を心配し
色々と主張しているように聞こえる

山に雪がくる

K君の訃報が届いた

南アルプス塩見岳
梅雨明け間近な豪雨の中
狭いテントに閉じ込められ
三日三晩を濡れ鼠にすごした

春山の北アルプス爺ヶ岳
湿った雪で重くなったテント
重装備を背負っての下山

腐った雪　痩せた尾根道
　Kが落ちたっ！

五月の表銀座　燕岳　大天井岳
槍ヶ岳を横目にみながら
口喧嘩の尾根歩き

K君との山歩きの思い出は
尽きる事無くよみがえる
最後に声を聞いたのは　約一年前
人工透析の相談だった

　お前と山に入ると
三日で喧嘩になるなあ

そう言っては　また二人で
次は何処に行こうかと

妙高高原池の平
スキー場のアルバイト
百円玉を握りしめて
二人で居酒屋に走った夜

青春時代を共に過ごした友の死は
なぜかしら淡雪のようで
うら悲しいのだ

そして　今年も山に雪がくる

我ら飄飄として

見上げた空の　ちぎれ雲
向かう行き先風まかせ
悩むことなく　風に乗り
今日は今日とて　明日は明日
そんな気楽な人生を
そんな呑気な年寄りに

思っていたが　大違い
矛盾だらけのこの社会
不条理だらけの今の世に

お気楽人生許されず
われ関せずも罪となる

好々爺　好々爺
そんな老後を　夢見ていたが
そうは問屋がおろさない
無関心ではいられない
風に流れるちぎれ雲
そうも言っては居られない

蓄積してきた経験と
磨き抜かれた知恵により
今の社会に害をなす
多くの矛盾と不条理に

挑戦状を叩きつけ
どこの国の民にでも
平和な日々であるように

俺たち年寄り　立ち上がり
飄飄と　飄飄として
春の嵐を巻き起こせ

第二章　枯らしては……

雀の反乱

その街の雀たちは
公園や　家の庭先で
毎日　楽し気に　おしゃべりを
その国を統治する
鳥の群れの　悪口や不満を
日常の中で　ごく普通に

気弱でずる賢い鳥たちは
ある時から　強大でお金持ちの
鷲が支配する隣国から

強い要請を受ける事になります
　うるさい雀たちを黙らせて
　鷲の国に忠誠を
鷲の国では　強烈な締め付けにより
雀たちは　ほどほどの生活と
毎日の自由なおしゃべりを交換

そして　鳥たちはその街の
おしゃべり雀を　捕らえて
その舌を切ろうとしたり
鳥かごに閉じ込めようとします

さあ大変です

ある雀は海峡を越えて親戚の国へ
また別な雀は大勢の仲間を集め
鳥の群れに挑戦します

いよいよ鷲たちが出張ってきます
鋭い爪と鋭利な嘴をもって
一部の雀は　鷲に従うでしょう
だがしかし　勇気ある雀たちは

優しい花に

街にも野山にも
たくさんの花が咲き乱れる
美しい季節です
その一輪一輪が
そっと　風景に同化して
生命の尊さを
さりげなく訴えます

その人たちは
決して悪い人ではないのです

ただ　自身に余裕がなく
自身の不安や恐怖に
または　正義心にとらわれ
行動してしまったのです

その事によって
どんなに相手を傷つけるか
どんなに周囲に迷惑をかけるか
想像できなかったのです

人の痛みや苦しみを
その人の状況や事情などに
身を置いて考えてみる
余裕を失った世の中は

想像力が欠けた　荒れ野原
心無い振る舞いや行動には
自身を振り返り見て
一緒に　優しい花を

見えない怪物

其処にも　此処にも
皆の身近に　そいつは居て
いつも隙を窺っている
俺たちの中に　入り込もうと

とりわけ
心が貧しく
嫉妬心に支配される人たちは
この怪物にご用心
人を蔑んだり　貶めたり

ともすれば
それが快感に思える
そんな瞬間が俺たちにも
有るからだ
人種差別　性差別
職業差別　いろいろな社会差別

誰の心にも　そっと忍び込み
身体を蝕んでいく
それを防ぐワクチンは
人それぞれを　自分のように
尊重すること
そして　なるべく自分の心を
豊かにすること

今　世界中に　コロナという
目に見えないもう一つの怪物が
人々を恐怖に晒している
とりわけ　貧しい人々は
適切な治療も受けられず
ひたすら　誰かの助けを求めて
果たして人間は　何が出来るのか

妖星顕わる

その星は今まで
威張り輝く星の傍で
その輝きが引き起こす
様々な不都合を
誤魔化し　隠ぺいし　擁護して
常に狡猾に　手堅く
寄り添って居たが

今やそのお坊ちゃま星もなく
陰から抜け出し　己の力で

怪しく　暗黒の光を
輝かせ始めた

得体の知れない
冷血を思わせる所業
それでいて　小心者特有の
猜疑心と　支配欲

この赤黒く光る
まるで鵺のような
妖星が支配する社会
どんな世になるのか

いつの間にか　音を忍ばせ

する〜り　するりと
良民を支配下に置いて行く
とても恐ろしい
ご用心　ご用心

貧困という細菌

世界中に　貧困が蔓延している
文明社会になればなるほど
きっと文明社会は
必ずしも
幸せな社会とは　違うのだろう

文明が発展しても
人が人を労わり
共に富を分かち合う
そんな社会にはならない

富を有する者は
その富を　より増やす
その為の　仕組み作りに
富を費やし
確固たる仕組みを作りあげる

そこには
貧困に対する　思いやりや
救済の　意志はない
むしろ　一層の貧困を
世界中に増産していく
まるで　強力な細菌のごとく

この日本の中でも
貧困弱者はより貧困に
貧困に生まれた者は
そのまま　貧困の人生を

この文明構造の細菌を
退治する薬は
いったい何時　何処で

不条理に詩う

あの天安門事件から三十年
香港では今の今
自由を求める民衆が
中国の武力介入を恐れつつも
自由と平等のため　闘っている
世界の各地で人々が
平和な暮らしを求め　闘っている

貧富の格差は拡大し
弱者は益々　貶められる

そして　世界は　私たちは
それを止める事ができない

各地の武力紛争で
各地の政治的貧困で
大勢の子供たちが死に直面しているのに
国際社会は介入できず
毎日のように死者の数は増え
弔いの嗚咽が聞こえて来るのに

国境なき医師団　国際赤十字
国連難民弁務官事務所など
食糧や医療支援は細々と
その一方で強国からの

紛争国への大量の武器輸出

強大国の権益と
軍事産業の利益に支配され
自由と人権　平和な暮らしが
破壊されていく

そんな時
無力な私たちは
ひたすら　この不条理に憤り
異議を唱え　抵抗し
詩を唄い続ける

見えないリュックサック

その子は五歳くらいだろうか
母親に手を引かれ
人通りの絶えた道を
黙ったまま歩いている

親子はここ二日間
まともな食事をとっていない
母子家庭の母親は
長年勤めていた勤務先を
派遣切りにあい　収入が絶たれた

百花繚乱

早春の庭に
白い梅の花が六輪
蕾も次々に膨らんでいる

観光地では河津桜と菜の花
ニュースに花々の
咲く音が聞こえてくる

戦火の中に苦しむ人々
大地震に遭遇し
嗚咽を上げる民衆たち

そんな彼らにも
花の季節は訪れる

飢えに苦しみ
砲弾の嵐に怯える
普通の民衆たち
不条理の百花繚乱
誰が如何にして無くすのか

今日も明日も
墓標は丘を埋めていく
そして　また
墓標の丘は
咲き乱れる花に覆われて

夏は来ぬ

人工透析の病院に行く
パジャマに着替えて
待合室にいると看護師が来て
　検温します
それから　院内ではマスクを着用して

「卯の花の　匂う垣根に
時鳥《ホトトギス》　早も来鳴きて……」
立夏も過ぎ
緑の空気が無性に美味しい

ベッドの上での
四時間にわたる透析
マスクが　本当に鬱陶しい

以前から　マスクは嫌いだ
顔がムズムズしたり　眼鏡が曇ったり
口数も少なくなる

病院からの帰り道
マスクを外して
大きく息を吸い込む
夜風に乗って　強いジャスミンの香り

この鬱陶しい
マスク生活は　いつまで
居酒屋で友と飲めるのは　いつか
ヨロヨロとした足取りで
家に辿り着いたら
国からマスク二枚が届いていた

小さな棘

左手の中指
指先の腹に　チクッと違和感
軽く触れてみると
小さな痛みとともに
微かな何かの手触り
棘なのか

衰えた目には
何も見えない
放っておいているが

なんとなく不快である

それに似た気分が
付きまとっている
新たな国の指導者に
実直そうだ　苦労してきた人だ
穏やかそうな人だ
本当にそうなのか
俺には　うさん臭く思える
代議士秘書　市会議員　そして国政に
ついには宰相にまで

保守政治の世界で
ここまで昇り詰めるには

手練手管や汚れ仕事も
本当の顔を見せない怖さが
俺の喉元に　小さな棘となって
いつまでも　刺さっている

腐った林檎

あなたは腐った林檎です
その林檎があると
周りのおいしい林檎も
腐ってしまいます

宗教学を教える神父は
私に向かって　そう怒鳴った
彼の顔は引きつり
悪魔のようだった

千曲川の氾濫で

長野郊外のリンゴ農家が
大きな被害をうけ
沢山の林檎が水に浸かった

そんな時
昔　私にあびせられた神父の
怒鳴り声を思い出した

私たち一人一人
違った価値観と個性を持って
社会に存在している
それが　とても素敵なこと

自分と異なった人を

排除し　差別する
誰もが自分と同じでなければと
羊の群れはおとなしくあれ
はみ出し者は　いらないと

私たちの中には
変わり者と言われ
謂れもない偏見や差別に
さらされる人々がいる

自分たちが興味が無い事象に
ひたすらのめり込む
それが子供でも大人であっても
虫だったり　宇宙だったり

アニメだったり　城だったり
一時はオタクと呼ばれ
あいつは変わっていると

この間　益々強まる
同調傾向の社会
変わり者は貴重です
変わり者は変革や進歩の
新芽なのです

詩人たちも
一種の変わり者です

腐った林檎と言われても

枯らしてはいけない

その木はまだまだ細く
強風や豪雨にあうと
折れたり　曲がったり
だから皆で気を付けて
育てなくてはなりません

その木を育てる養分は
自由や平等
そして平和を求める
私たち皆の強い心

自分だけの自由や平穏ではなく
自分以外の人々にも
同じように目を向ける心

それで　その木は活き活きと
葉を繁らせ　花を咲かせるんです
大きく育った木は
樹木と名を変えて
疲れ果てた人々を
優しく木陰に誘います

葉に覆われた枝に
小鳥が巣を作り　子育てを

幹から溢れる樹液には
昆虫たちが集まり
夜にはフクロウが鳴きます

その木は　民主主義と呼ばれ
私たちはもちろん
世界中の人々にとって
大切な大切な命の木なのです

第三章　歌が聞こえる

正月の憂鬱

もう今日は七日
正月飾りを外さねば

無気力のまま　何もせず
この平成最後の正月を
怠惰に過ごしていた

巷には善男善女が行き交い
皇居には何万もの参拝者があふれ
新年の慶びを祝っている

平和で穏やかな正月風景だ

皆が幸福そうに見える
正月くらい　幸福であって欲しい
そして俺は　餅を食いながら
何をすべきか　考える
そして　憂鬱の沼に沈む

沖縄では　本格的な土砂の投入が行われ
美しい海が　再生不能に破壊される
経済成長の名のもとに
将来にまわす借金が千兆円を超え
もはや財政破綻の状態
世界では　飢えと貧困で苦しむ人々

紛争と差別に晒される人々

運命に抗わず　世界をあるがままに
受け入れる柔らかな感受性
それが　詩人特有の天性という人がいた

人間の真理　自然の真理　宇宙の真理を
深く洞察し　感性で表現するのが詩人だと

多くの人が感じる　正月の幸福感
根拠のない漠然とした希望
俺の憂鬱は　この幸福感と現実との
乖離の中の　自分に対してのものだった

血流の音

ザッ　ザッ　ザザー

夜半に寝床に横たわると
枕元に置いた左腕から
不気味な音がする
不規則な血流が勢いよく
血管内を奔る音だ

昨年の十一月に
悪くなった腎臓の数値に合わせ

人工透析の準備として
動脈を静脈につなぐ手術をした

その日から
毎晩　血の叫ぶ声が
聞こえてくる
　お前は生きている
未だやるべき事がある
あきらめるんじゃない
ザッザ　ザーザッ

透析患者になってから
それとなく無気力な自分に
血流の叫びは

毎夜のように活をいれてくる
まだまだやれる
今日は何を　明日は何を
思いつきでもよいのだ
やれることが沢山あって
季節は廻っていく

災害列島

あの千曲川が決壊し
家々が流されて
阿武隈川も　多摩川も氾濫

気候の温暖化に伴い
世界中で異常気象が
旱魃と豪雨
各地で起こる森林火災
それらの自然災害は
とりわけ弱者と呼ばれる人々を

悲惨な状況に落とし込む

中心気圧八百九十ヘクトパスカル
山が崩壊し　川が氾濫
超大型台風の出現も近いのか
三十年以内に起こる高確率の
南海・東海トラフ巨大地震
火山の噴火による大規模災害
我らの日本列島は
まさに災害列島

仮想敵国の脅威を喧伝し
軍備増強で国土を守ると
またぞろ予算を増強する政府

平和の道は軍備増強ではなく
外交努力で可能なのでは

それより
本当の脅威は　自然災害の脅威
そのために備えを整える
そして　災害に弱い国々にも
我が災害列島で培った知恵と技術を
広く伝え　援助していけば

台風が過ぎて
被災地は未だ　涙の中に

近くて遠い韓の友へ

その日　先輩のお嬢さんの結婚式
「お前は人を差別しないから」
カラフルなチマチョゴリが集う会場
新婦側の主賓挨拶は俺だった

新郎は在日三世だったが
披露宴の案内状には日本名が

このところ
隣の国との関係が険悪化して

お互いの国民の間に嫌な空気が
それを煽り立てる一部の人たちも

俺たちの国は
隣国を併合し植民地化し
それは国際法的に合法だったと
だがしかし　隣国にとっては
それは屈辱的な事であり
言語も氏名さえ強制され
長い間　民族の権利を奪われて

隣国の人々に屈辱的な思いを強いた
俺たちの国の責任は重い
隣国の人たちが許してくれるまで

何度も謝罪し　償いを重ねねば

ただ　隣国の人たちも
併合と植民地になった経緯を
歴史的検証の中で認識し
今日の　将来の二国間を
そして両国の人々の関係を
考えてみて欲しい

近くて親しい関係に
お互いが思いやりを持てる関係に
一部の偏狭な偏見は共に一掃して

美しき花園

その花園は
今や嘘の花の
真っ盛り

僕らの暮らしの
真ん中にある
大切な　大切な花園が
大嘘つきのせいで
沢山の嘘の種が
撒き散らされて

今や一面　嘘の花

都合が悪い事は
嘘を言って誤魔化す
嘘がバレそうになれば
書類を破棄し　改ざんする

その辻褄を合わせるため
また　従順な公僕が
泣きながら　嘘をつく

僕たちの花園は
そんな花々でいっぱい

もう三年にもなろう長い間
憤り　呆れ果て　うんざりし
見せつけられて来た

内閣総理大臣主催　「総理の花園を見る会」
招待者は　名簿リストは

花園がどんなに嘘の花に
覆われようと
僕らは　誰が何故嘘を付くのか
ちゃんと　お見通しさ

雨暦《あめごよみ》（その一）

みぞれ雨
開きはじめた白梅が
悲し気に震えていて
昨日の中途で切られた
友の電話に心が凍みる

花の雨
母の腕のように温かい雨
木蓮　桜　菜の花たちの
蕾を優しく包み濡らす

心の底に罪が芽生え始める

郭公の雨
一日中　細い雨が降り続き
若葉の影で親鳥は翼をひろげ
小さな雛を庇っていた
女は傘もささずに
俺のもとから去って行く

青の雷雨
電光と共に襲いかかる刃
岩稜の周りは青白き光に震えた
今やピッケルも黒く錆び付き
物置の奥に

そして　海の家から客が消え
高原の芒は揺れ　夏が去る

雨暦（その二）

惜別雨
雨が金木犀の香りを
一層強くしているようだ
身体に染み付いた
この夏の怪しげな香りは
一雨ごとに洗われ
少しずつ　薄れて

奏雨
雨が曲を奏でている

優しく　時には激しく
それに合わせ
土から茸が頭をだし
栗の実は膨らむ
雨は絵の具を溶き
木の葉を一枚一枚塗っていく
私もいつしか　秋の色に染まる

浸みる雨
金色に覆われた銀杏並木の道
積み重なった落ち葉に
細かな雨が浸みていく
コートの襟を立て
雨に滲む街灯

たどり着いた
小さな酒処
俺を迎える　不機嫌な亭主

恋時雨
葉を落とした雑木林
小鳥の囀りも無く
雨音だけが
通り過ぎて行く
コートのポケットの中
お互いに握り合う
少し汗ばんだ手の温もり
走馬灯の一瞬　恋時雨

雨暦（その三）

雨はその都度
俺の人生に思い出を与える
十七歳　国会議事堂南通用門の雨
二十一歳　今は亡き友と
ずぶ濡れで耐えていた
聖岳の集中豪雨
二十八歳　花嫁は
雨に濡れ　式場に遅れて
飛び込んできた
その後も　雨はいつも俺の身近に

世界の各地で　豪雨による被害
川が溢れ　家が流され
田畑が泥水に覆われる
地球をうるおし　生命を育んできた雨
その雨が　今や人間に牙をむいて
今後　人間にとって
雨の暦はどんな詩に

しとしとしと　雨が降る
家族だけに見送られ
俺の遺体は斎場を後にする
門の脇に
開きかけの梔子の花

愚かな人類へ

ワクチンを接種した腕が痛む
世界中に蔓延したコロナウイルス
膨大な死者を生み出し
多くの貧者たちも

目に見えないウイルス
それらは　人類が出現する
ずっと以前から存在して
数えきれない程　変異を繰り返し
数えきれない程　存在し

人類が滅んでも　存在し続ける

天然痘　はしか　スペイン風邪
ある種のウイルスは　人類に害をなし
今日もなお　コロナのように
恐れられてきた
人類の体内には
何兆ともいえる　ウイルスが
生存しているのに

でも　考えてみれば
本当に恐ろしいのは
人類の身勝手でご都合主義の心根
貪欲　吝嗇　差別　無関心　嫉妬　等々

その結果　戦争　飢餓　疫病　貧困
何十億人の人たちが
死んでいったのだろう
そして　これからも
警告　警告　人類の心に警告

墓標の丘

気のせいか
遠くで　遠くで
爆裂音が聞こえる
気のせいか
女の悲鳴　子供の泣き声

今までに　何度も
そしてまた　新たに
一面のひまわり畑と小麦の波
聖ソフィア大聖堂のある美しい古都キエフ

戦車が音を立て
空からはミサイルの
地上には　ただ悲鳴と嗚咽の風

今までも　そして今も
イラク　シリア　パレスチナ
丘は墓標におおわれ
ヒナゲシの花が揺れる

この美しい国の丘も
きっと悲しみに溢れた
沢山の墓標で埋め尽くされ
風が吹くたび

ヒナゲシの花がすすり泣く
人間の愚かさを嘆いて

怒りの形

頭の中で　怒りが暴走している
身体中に　溶岩の渦が　逆巻いていて
髪の毛が総毛だつ

そんな思いにかられて
どんな形相になっているかと
洗面所に鏡を見に行く

炎の光背を背に
鬼の形相で睨みつける
不動明王

そんな表情は　全く見られない
いつもの老人の顔があるだけ

寂しい事に
もう怒りの表情さえ
浮かべられないほど
年老いてしまったのか
ウクライナの惨状に
想いをはせて

俺の表情は
興福寺にある
三面阿修羅像のように
眉を顰めるだけなのか

熾火《おきび》

誰だ　誰なんだ
俺の体の奥底に
微かに残る熾火を
荒々しく　かき混ぜるのは

分別と諦めと
そして　日和見という灰で
埋めた　反逆の炎
不条理への　怒りの炎

俺たちを取り巻く理不尽は
益々赦しがたく

広がる貧困社会
失われていく自由
隠ぺいされる悪事
歪曲される真実

誰だ　誰なんだ
俺の奥底に残った熾火に
息を吹きかけるのは
七十八歳になった　この老人に
お前は　何をさせようとするのか

歌が聞こえる

ここ数年にわたる
政権与党の破廉恥な政治手法に
僕たちの民主主義は
粉々にされようとしている

国の借金は増大し
貧困家庭は窮地に
若者は未来を失い
格差社会が増殖して

特定の権力者の狂信的政策に
付和雷同する取り巻き政治家たち
彼らの行いの集積が
今の　このざまなのだ
そしてそれは　明日も

僕たちは　諦めてしまったのか
僕たちは　許してしまうのか

感染症患者数を少なくみせる
病状が進もうと　検査はしない
僕たちの命さえ危険にして
何を目論むのか

そんな為政者　権力者には
僕らの生活を支配されたくない
僕らは非力だが　諦めない
何処かで　誰かが歌っている
風に乗って流れてくる
ウィ　シャル　オーバー　カム
サム　デイ

跋

市民として、人間として
――高田邦雄詩集『我　飄飄と詩う』を読む

川中子義勝

この詩集の上梓と時を同じくして詩人は八十歳を迎える。「書きたいと思うテーマがある限り書き続け」てきたし、これからも書き続けると「はじめに」志が述べられる。その言葉のとおり扱われているテーマは実に多彩である。

三つの章はそれぞれ十二、三篇の詩を収め、章題は代表的な詩から採っている。第一章の章題「早春賦」からは、季節感を感じさせる詩の集まりが想定される。実際に詩の並ぶ順番に、まず「花の国」の「梨、ひなげし、舞い来る蝶」、また「梅の花は笑うか」、「沈丁花の香り立つ」という題名、さらに「それでも　春です」の「満開の桜に霙雪、タンポポ」と、春に因んだ自然の事物が次々と挙げられてくる。つづいて「小鳥たちは唄うのだ」では「雀、四十雀、ヒヨドリ、コゲラ」と、季節は次第に夏へと推移していく。こうした自然の事物、いわゆる花鳥は、つねに契機として働いて詩人にものを想わせている。みな「寄物陳思」の詩である。陳べられる「思い」は、ほとんどが二〇二三年に至るまでの社会的な出来事へと向かう。「梅の花は笑うか」では、「家族に看取られぬ死」、「医師看護師の疲弊」が語られ、「早春に賦う」では、「時にあらず」として、幼稚園児の歌声が響かない「我慢と自粛」の状況が告げられる。これらはもちろん、「コロナ禍」を示唆し、感染蔓延のもとでの三年間を描いている。

こうした「思い」の向きは、第二章以降でより明確に、真正面から語られる。等しく花を表題に掲げる「百花繚乱」で詩人は、庭の白梅や観光地の河津桜の開花の報道にふれて、むしろ民衆を苦しめる様々な「不条理」を「墓標の丘」を覆い「咲き乱れる花」として思い描く。詩人の正義感が真っ直ぐに述べられる。「美しき花園」でも、先の「総理の花園を見る会」

が、従順な公僕が書類改竄を余儀なくされた「嘘の花園」として糾弾される。「小さな棘」では、自身の衰えた視力への嘆きが、国の新たな指導者が本当の顔を見せない怖さへと高まっていく。こうして詩人は時々の政治を具体的に見つめ続けている。

殊にコロナ禍を契機とする作品が集中している。その際に詩人は、視力が落ちてアリやアゲハ蝶の幼虫が見えなくなった憂いや（「消えていく」）、人工透析のベッド上で付けるマスクの鬱陶しさ（「夏は来ぬ」）など、身近な関心事から出発する。しかしそこで詩人の眼差しは、感染下の東京五輪における「既得権益」への固執や「人命軽視」など、コロナ禍の日々をより困難にする政治の無策を、さらには、疾病に脅かされた社会全体の姿を見つめている。マスクを「付けていない僕を睨む」同調圧力に接して（「春眠に悪夢」）、詩人は、一人の市民として人間の在り方そのものに問いを投げかける。ウイルスの脅威が心弱い人の嫉妬心を助長し、人を蔑み貶めるさまざまな差別に加担することにむしろ快感を覚えさせる――これを、身近にいて隙を窺っている「見えない怪物」と認識する。そこには、辛さが自らの内に止めておけないまでに極まったとき、人はそれを他者へ転嫁するという、人の心への深い洞察が述べられている。

第二章から三章へ、様々な社会問題が次から次へと取り上げられる。仮想敵国に対する軍備増強を唱える掛け声が響く時に、一方で異常気象により干魃と豪雨が交互し、氾濫と森林火災が頻発する。弱者に悲惨を強いているこの自然災害こそ本当の敵ではないかと告発する（「災害列島」）。詩人の共感は常に弱者の側にある。五歳の子どもの手をひく母親、その子が背負う「見えないリュックサック」には貧困と不条理が詰まっている。この譬えの訴えは誰の心にも切実に響く。詩人は、母子家庭や派遣切りなど世代を超えた現代の問題を、社会そのものの構造として捉えている（「貧困という細菌」）。一方で詩人は、平和で穏やかな正月風景に浸っている自身の姿と、辺野古埋め立てや国の負債増大、地球規模の飢餓と紛争という現実との乖離を、詩人としてどのように受けとめるべきかを問う（「正月の憂鬱」）。共感は共苦ではないことを詩人は自覚している。ともあれ、共感の眼差しは国境を越え、天安門事件や香港の状況にまで及び、詩人は、かの隣国による締め付けを「舌切り」や「鳥かご」への収監になぞらえる（「雀の反乱」）。こうした寓意的な譬えの使用は、受苦に堪える国の当事者達が採りうる闘い方をなぞるものといえよう。不条理を見つめる詩人の視野は、人間の社会全体へと拡がってゆく。世界中にコロナウイルスは蔓延している。しかしウイルスより「本当に恐ろしいのは／人類の身勝手でご都合主義の心根／貪欲　吝嗇　差別　無関心　嫉妬　等々／その結果　戦争　飢餓　疾病　貧困」と詩人は警告する（「愚かな人類へ」）。とりわけ富を偏在させ、貧困への思いやりを欠いたまま、強大国だけが武器輸出で儲けている。強者のそうした姿に憤りを覚え、唱える異議が詩人にとっての詩の在るべき姿なのだ（「不条理に詩う」）。

「詩う」詩人の姿勢は、己に持するところあって力強く手を振り上げる素振りとは違う。それはまた、強がりの姿勢でもない。すでに見たように、詩人はしばしば身体の不確かさを述べるところから出発する。「冬の罠には」や「消えていく」「小さな棘」には、視力の衰えゆえの不自由が語られるし、「夏は来ぬ」や「血流の音」では余儀なくされた人工透析から叙述を始めている。コロナ禍の日々に、治療は危機を内包する状況であったし、身体にまつわる不安として詩人の日常に絶えず伴っていた問題であったろう。「ワクチン後の腕の痛み」を徴《しるし》として詩人は市民と苦難を共にしている（「愚かな人類へ」）。

身体の事柄は心にも影響を及ぼす。身体のおぼつかなさゆえに心も不確かになる。視力のみならず（高齢を迎えれば誰にでも当て嵌まることであるが）記憶力の減退と共に「母や親友の笑顔」が消え去ることへの不安が増す（「消えていく」）。こうした弱さの告白もまた、詩人の言葉の出発点となっている。なかでも「雨暦《あめごよみ》」と題された詩は（「その一」から「その三」まで）、他の作品とは違った仕方で過去を語る柔らかな響きを持っている。仄かな恋心を窺わせる言葉や、亡き友との登山の思い出などは、哀しみではあるが、詩人の心になお灯る明かりとして彼を支え続けていることが分かる（「山に雪がくる」）。そのような内面の深みから、心ない人の行動や迷惑な言動にも、その人の立場を思い遣る言葉が生まれてくる（「腐った林檎」）。人の立場に身を置くようにと諫める道徳詩の響きも、むしろ自ら己を振り返るところに由来する（「優しい花に」）。隣国と「互いに思い遣る関係」を築くことを願う言葉も、そのように冷静に自他を顧みることがあって初めて可能となるのである（「近くて遠い韓の友へ」）。

不条理に憤り、不正を糾弾する詩人の言葉は、このように強さと弱さを二つながら含むものである。「溶岩の渦」のように滾り、頭の中を暴走する自身の顔を鏡に映してみたら、単なる老人の顔で、「不動明王」より興福寺の「阿修羅像」に近かったという。ユーモアに溢れたこの詩は、怒りに対する詩人の立場を如実に描いている（「怒りの形」）。ただ「眉を顰めるだけ」とは、無為無力ではなく、むしろ持続の謂と理解すべきであろう。分別と諦め、日和見のように見えて、実は身体の奥底にふつふつと燃えている、「許しがたい理不尽」への怒りがその形で保たれてゆくのである（「熾火」）。詩人はそれを、身に覚えのあることとして身体の譬えを用いて語っている。人工透析を受ける身にも、「血の叫ぶ声」によって、無気力には繰り返し活が入れられると（「血流の音」）。

残された紙幅で詩の言葉そのものに注目して見よう。そこには、七・五調（「早春賦」「我ら飄飄として」）をも含め様々な意匠を見ることが出来る。詩人は、誰にも分かる言葉で平易に語る仕方を採ろうとする。その中で印象的なのは例えば、「妖星顕る」の次のような口調。

…常に狡猾に　手堅く／寄り添って居たが／／今やそのお坊ちゃま星

もなく／陰から抜け出し／…この赤黒く光る／まるで鵺のような／妖星が支配する社会／どんな世になるのか／／いつの間にか　音を忍ばせ／する〜り　するりと／良民を支配下に置いて行く／とても恐ろしい／ご用心　ご用心

この自由民権の壮士のような語り口、あるいは江戸文化における瓦版の狂歌・狂句を窺わせるような風刺は、読み手（聞き手）の心を共振させるだろう。

もう少しウィットを効かせて、地口に近づいても良いかもしれない。その意味で「蟬たちの主張」は一つの典型を提示している。這い出てきた蟬たちが残り少ない命を燃やす、その鳴き声は、

民主主義が危ういと／み〜ん　み〜ん　とミンミンゼミ／／表現の自由が封殺されるよと／アブラゼミが　じゆう　じぃ〜う／そうだ　そうだとばかり／囃したて　ニイニイゼミが　ニィニィニ〜／ニィ〜ン　認・認・認（以降は本書当該箇所参照）。

蟬がこの世（人間界）の姿を心配する、その主張を聞き取ったというこの詩には、肌で感じ・応える市民感覚というか、「寄席」の高座から語られたような民衆の声が聞こえる。総ての作品をこの調子で語るわけにはいかないだろうが、読み手（聞き手）を楽しませることを意識した語りといえよう。それは詩集・詩誌とは別な媒体への開けをも予感させる。詩人の訴えは誰のためのものか。詩の読者に限らず、受苦を共にする当事者や、反省を促したい特定の読み手（聞き手）にもっとダイレクトに伝える術があるかもしれない。

「我　飄飄と詩う」。「飄飄と」とは、世俗に拘らぬ超然とした生の謂ではない。一人の市民として、人間として、時々の風の向きに身を晒し続ける決意の表明と読んだ。詩集掉尾の「歌が聞こえる」は、「ウィ　シャル　オーバー　カム／サム　ディ」と、フォーク世代が共にした合い言葉で終わる。詩人の反骨精神が躍如としている。「非力だが諦めない」それは詩や歌の本来の在り方を告げている。若者文化が謳われ、老人の報われない現代の社会に、年寄りが立ち上がる。「飄飄と」には、行き先風任せの気楽な余生といった響きもあるが、どっこい、さにあらず。蓄積した経験と磨き抜かれた知恵で、社会の矛盾に挑戦する果敢な生を引き受ける、自負と矜持を窺わせる言葉である。

あとがき

先ずは、我慢強く拙詩集を最後までお読み頂いた皆様に感謝申し上げます。私は現在、大腿骨を骨折し、入院・リハビリの最中であり、この「あとがき」も病院の面会室で書いています。

私はこの夏に八十歳になった。

そして未だ未だ自由気ままに、感じた事や思った事を詩として詩い上げていくつもりである。

あらゆる人々の上に平和と自由が保障される世の中を夢見て、半歩ずつでも良いから詩を書く事で近づいて行きたい。目に見えない一歩、半歩の継続が私たち民衆の力なのであるから。

この詩集『我　飄飄と詩う』は『弱虫革命』から五年後の上梓である。その間ウクライナにロシアが侵攻し、スーダンやニジェールでは内戦が起こり地球の温暖化は増々進み、各地で大規模火災や豪雨・旱魃など自然災害が日常化している。何て私たち人類は愚かなのか。

国内では安倍政権から菅政権へと保守側の中での政権たらいまわし。そんな時の流れの中で無力感を覚えつつ詩を詩い続けてきた訳だが、今回川中子義勝先生の玉稿を跋文に頂き、その深く読み込まれた分析にはただただ頭が下がる思いと同時に言葉には現わせない感動の思いが満ちあふれてしまいます。

ありがとうございました。

また、土曜美術社出版販売の高木祐子社主にも様々なアドバイスを頂き感謝申し上げます。

同様に土曜美術出版販売の編集スタッフの方々、素敵な表紙デザインを提供してくださったデザイナーの木下芽映様、本当にありがとうございました。

高田邦雄

二〇二三年八月　JR東京総合病院にて

著者略歴

高田邦雄（たかだ・くにお）

一九四三年生まれ。上智大学理工学部卒業。

商社・百貨店に勤務した後、展覧会・文化イベント・商業文化ビル・地域振興などの企画会社高田事務所を設立。東京・青山スパイラル、福岡天神イムズなどの企画・プロデュースに参加。

現在、姉・高田喜佐（一九四一—二〇〇六年。靴デザイナー）の会社ＫＩＳＳＡの代表を務める。

母は詩人・高田敏子。

「野ばらの会」同人。

詩集『寒月の下に』（二〇一一年　河出書房新社）
『ぺらぺら』（二〇一五年　花神社）
『弱虫革命』（二〇一八年　土曜美術社出版販売）

詩集　我《われ》　飄飄《ひょうひょう》と詩《うた》う

発行　二〇二三年十月二十日

著者　高田邦雄
装丁　木下芽映
発行者　高木祐子
発行所　土曜美術社出版販売
〒162-0813　東京都新宿区東五軒町三—一〇
電話　〇三—五二二九—〇七三〇
FAX　〇三—五二二九—〇七三二
振替　〇〇一六〇—九—七五六九〇九

印刷・製本　モリモト印刷

ISBN978-4-8120-2787-5　C0092